CDつき 読んで、聞いて、声に出そう

心に ひびく
名作読みもの

府川源一郎
佐藤　宗子 編

3年

教育出版

【表紙の絵】

ひまわりとあかちゃん　1971年

いわさきちひろ

はじめに

この本では、これまでつくられてきた国語《こくご》の教科書《きょうかしょ》の中から、今《いま》みなさんにぜひ読《よ》んでほしい名作《めいさく》ばかりを選んで集《あつ》めました。おもしろいお話《はなし》や感《かん》動《どう》するお話、ためになるお話、思《おも》わず口《くち》ずさみたくなる詩《し》などがおさめられています。きっと、今まで知《し》らなかったことや、今まで見《み》たことのないまったく新《あたら》しい世界《せかい》に出会《であ》えることでしょう。

また、この本には、俳優《はいゆう》の方《かた》の朗読《ろうどく》を録音《ろくおん》したCDが付《つ》いています。CDを聴《き》き、じぶんでも声《こえ》に出《だ》すことで、作品をもっと理解《りかい》することができますし、作品のもっているすばらしさをより深《ふか》く味《あじ》わうことができます。

ぜひ、心《こころ》とからだを使《つか》って読書《どくしょ》を楽《たの》しんでください。

もくじ

本書について

一、本書の収録作品は、教育出版発行の小学校国語教科書に掲載された本文を出典とした。

二、本書の本文の表記は、原作者の了解のもとに、原則として教科書の表記に準じて次のように行った。
(一)仮名遣いは、現代仮名遣いを使用した。
(二)送り仮名は、現代送り仮名を使用した。
(三)漢字表記については、各巻の当該学年以上の配当漢字に読み仮名を付けた(例　二年の巻では、二年配当以上の漢字に読み仮名を付けた)。
なお、読み仮名は、見開きページごとに初出の箇所に付けた。
(四)詩の表記については原典に基づいた。
(五)一部の熟語については、読みやすさなどに配慮して、漢字の交ぜ書きから読み仮名付きの漢字に変更した。
(六)固有名詞については、読み仮名を見開きページごとに初出の箇所に付けた。
(七)一年、二年の巻については、すべての作品を分かち書きで掲載した。

お母さんの紙びな

作　長崎《ながさき》　源《げん》之《の》助《すけ》
絵　山中《やまなか》　冬児《ふゆじ》
朗《ろう》読　坂本《さかもと》　和子《かずこ》

ここをこうおって、うら返《がえ》しにこうたたんで、はい、女《め》びなのできあがり。おばさんは、おり紙のおひな様《さま》が上手ね、って。そりゃあ、もう何百もおってるんだもの、上手にもなるわよ。

わたしが子どもだったころ、戦争《せんそう》があってね、てきの飛行機《ひこうき》が毎日のようにとんできて、ばくだんを落《お》としたの。わた

したちは、ぼう空ごうにもぐって、ふるえていたわ。だから、おひな祭《まつ》りどころではなかったの。

　それにね、おひな様は、空しゅうから守《まも》るために、いなかにあずけちゃってたのよ。そのかわり、わたしの家はやけてしまったけれど、おひな様だけは助《たす》かったというわけ。

　ところがね、戦争が終《お》わると、食べ物《もの》がなくなって、ほとんどの日本人は、おなかをすかしていたの。

「何か食べたいよう。」

と言って、小さいわたしは、ないてばかりいた。

「こまった子ねえ。」

って、お母さんは、わたしをしかったが、ある日、どっさり白いごはんを食べさせてくれた。

いつも、おいものつるとか、豆《まめ》かすみたいなものしか食べていなかったので、白いごはんがとてもおいしくておいしくて、わたしは、顔じゅうごはんつぶだらけにして、むちゅうで食べちゃった。

お母さんは、そんなわたしをさびしそうに見ながら、

「毎日、おなかいっぱい食べさせてあげたいわね。」

と、深《ふか》いため息《いき》をついた。

ところが、三月になって、その時食べたお米は、おひな様《さま》と取《と》りかえたのだと知った時の、わたしの悲《かな》しさといったらなかったわ。足をばたばたさせて、一日じゅう、なきどおしないちゃった。

その時、お母さんが作ってくれたのが、紙のおひな様なのよ。

「こんなのいやだ、ほんとのおひな様でなけりゃ。」

わたしは、体をゆすって、だだをこねた。

でも、お母さんは、だまって、紙のおひな様をおっていたわ。だいり様、三人官女《かんじょ》、五人ばやし……。おりながら、お母さんはないていた。

声をかみころし、かたをふるわせ、それでも根気《こんき》よく、おひな様《さま》を作りつづけていたっけ。

お父さんが、まだ、戦地《せんち》からもどっていなかったので、お母さんは、小さいわたしをかかえて、どうしていいかわからず、とほうにくれてしまったのね、きっと。

お母さんのなみだを見たら、わたしは、とっても悪《わる》いことをしたような気がして、よけい悲《かな》しくなっちゃったわ。

その後、三月になると、いつも、お母さんといっしょに、おひな様をおるようになったの。

毎年《まいとし》おっているうちに、どんなりっぱなおひな様より、わたしは、紙のおひな様がすきになったわ。だって、紙びなには、お母さんのようなやさしさがあるんだもの。

さあ、あなたたちも、
おぼえてちょうだいね。
ここをこうおって、う
ら返《がえ》しにこうたたんで、
今度《ど》は中側《がわ》にこうおっ
て……。

はまひるがおの「小さな海」

作　今西《いまにし》祐行《すけゆき》
絵　井口《いぐち》文秀《ぶんしゅう》
朗《ろう》読　友部《ともべ》光子《みつこ》

灯《とう》台のあるみさきの、いちばんとっぱなに、あさがおとそっくりの花が、たった一つさいていました。

「あさがおさん、あさがおさん。」

と、ぼくはよんでみました。そしたら、

「いいえ、わたしは、あさがおではありません。ひるがおです。」

と、小さな花は、ふるえながら答えました。

「本当だ。あさがおだったら、もうとっくにしぼんでいるはずだねえ。」

ぼくは、そう言ってわらいました。

「でも、どうしてきみは、こんなさびしい所《ところ》に、たった一人でさいてるの。」

とたずねてみました。

本当に、岩のちょっとしたすきまの土に根《ね》を下ろして、さびしそうにさいていたのです。

ビュービューと、ひっきりなしに風がふいて、ひるがおは、ぷるぷるふるえていました。

はまひるがおは言いました。

「さあ、わたしをつみ取《と》ってください。ひるがおの花をつむと空がくもると、人々が言いつたえているそうですね……。」

「つみ取《と》ってくれって、それはまた、どうしてなんだろう。どうして空をくもらせたいの。」

ぼくがたずねると、ひるがおが次のような話をしてくれました。

――その岩のくぼみに、小さな水たまりがあるでしょう。そこをごらんなさい。かわいいお魚が一ぴきいるでしょう。

もう何日も、そこにいるのです。

この前のあらしの夜、波《なみ》がここまで来たのです。そして、このお魚をのこして、波は引いてしまったのです。

それから、わたしたちは、なかよしになりました。

お魚は、めずらしそうにわたしを見上げて、きれいだね、きれいだねって、何度《ど》も言ってくれました。

それから、深《ふか》い深い海のそこにも、やっぱり、きれいな花のようなさんごや海草がたくさんある、というお話をしてくれました。遠い外国に行ったことのある父さん魚から聞いためずらしいお話も、いっぱいいしてくれました。

わたしは、はじめ、こんなさびしい所《ところ》にたった一人でいるので、きっと、お魚が遊《あそ》びに来てくれたのだ、と思いました。お友だちができて、どんなにうれしかったかしれません。

わたしは、この水たまりを、「小さな海」とよんでいました。

でも、一日たち、二日たちするう

ちに、わたしの「小さな海」は、だんだんかわいて、本当に、こんなに小さな海になってしまったのです。

波《なみ》をよんでくださいって、お魚は言うのです。でも、こんなに小さなわたしに、どうして、あの大きな波を引きよせることができましょう。

ぼくの体は、もうにえてしまいそうだ。太陽《よう》が強すぎる。くもらせてくださいって、お魚は言うのです。

「そうねえ、だれか人が来たら、わたしをつんでもらうわ。わたしの花をつみ取《と》ると、空がくもるというのよ。でも、こんなりくのはしっぽに、なかなか人なんか来そうにないわ。もう少し、がまんしなさいね。」

わたしは今、お魚にそう言っていたところだったのです……。

はまひるがおのお話を聞いて、ぼくは、すっかり感心《かん》しました。

「うん、よしよし。ぼくが、お魚を海に帰してやるよ。」

そう言って、手で、魚をすくい取ろうとしましたが、考えてみると、それでは、ひるがおがちょっとかわいそうです。

何かいい考えはないものかと、あたりを見回しました。遠くのはまで、子どもたちが遊《あそ》んでいるのが見えました。

「おうい、おうい。」

みんな、何かと思ってとんできました。

ぼくは、はまひるがおのお話を、みんなにしました。そして、

「ねえ、ぼくはもうあした町へ帰るのだけど、きみたち、これから毎日、このひるがおの『小さな海』に、海の水を入れてやっ

てくれないか。」

とたのんでみました。

ぼくのお話がおかしかったのか、子どもたちは、くすりくすりわらいながら聞いていましたが、

「うん、入れてやるよ。おけに一、二はいでいいだろなあ。」

と、強くこっくりして、言ってくれました。

「『小さな海』か。……そうだな、かにっこもえびっこも取《と》ってきて、こん中に入れとこか。そして、おらの『小さな海』にしようぜ。」

「おら、おけ取ってくる。」

子どもたちは、さっそく、ばたばたとかけだしていきました。

はまひるがおの「小さな海」に、今も魚がいるでしょうか。ぼくは、ときどき、その遠い海を思い出すのです。

沢田《さわだ》さんのほくろ

作　宮川《みやかわ》ひろ
絵　伊勢《いせ》英子《ひでこ》
朗《ろう》読　里見《さとみ》京子《きょうこ》

沢田《さわだ》タミ子《こ》の前がみは、鼻《はな》の頭あたりにまでとどくほど、長くのびていました。目のところだけ、まるですだれのように、すかしてありました。そこからそっと、外をながめているというかっこうなのです。

とび箱《ばこ》や鉄《てつ》ぼうをする時でさえ、前がみが風にとばされるのを気にして、おでこをおさえることをわすれませんでした。勉《べん》強はとてもよくできるのに、このごろ手を上げて答えるようなことは、少なくなってしまいました。

「沢田さん、かみの毛を短《みじか》く切るか、ピンどめでとめておきなさい。目が悪《わる》くなりますよ。」

木村《きむら》先生もいちばん先に注意《ちゅうい》しました。それでも沢田さんは、前がみを上げようとはしません。

こまってしまった先生は、ある日、衛《えい》生係《がかり》のトヨコにそっときいてみました。

「沢田さん、どうしてかみの毛を上げようとしないのかしらね。」

するとトヨコは、

「あら、先生は知らなかったの。沢田さんはねえ、おでこのまん中に、大きなほくろがあるのよ。」

「大きいって、どれくらい。」

「親指《ゆび》のつめぐらいかな。だから男の子たちねえ、『ダイブツサン』ってからかうの。自分でもいやがって気にしてたのに、それを言われたから悲《かな》しかったんでしょう。それだから、かみの毛でかくすようになったの。」

「だれなの、そんな意《い》地悪《わる》を言う人は。」

「ミッちゃんとか、ヒロシ君たち――。」

意地悪やいたずらには、きっと光男《みつお》の名前が出てきました。

先生は、さっそく二人をよんで、ききました。

「どうして沢田《さわだ》さんに、意地悪なことを言ったの。」

「だってあいつねえ、ものすごくおせっかいなんだよ。」

「生意気だよなあ。」

と、二人は言うのです。

「どんなふうにおせっかいなの。」

「ろう下は右側《がわ》を歩けとか、手をきれいにあらえとか、宿題《しゅくだい》をわすれるなだのって、うるさいの。」

「まるでお母さんみたいなんだものな。」

「からかわれたのを気にして、あんなにかみの毛を長くしているのを見ても、平気《へい》なの。」

「このごろおとなしくなったから、せいせいだよな。」

光男とヒロシは、ほんとにせいせいだという顔を見合わせていました。

せいせいどころか、沢田さんのかみの毛は、うっとうしくなるばかりです。それでも先生は、沢田さんにはもう注意《ちゅう》しなくなりました。

＊せいせいだよな
（せいせいするよな）

沢田《さわだ》さんの前がみが、ますます長くなったころです。

ある朝先生は、口をへの字にむすんで、教室へ入ってきました。

先生がこんな顔をしているときは、何かしかられることがあるときなのです。みんなはおしゃべりをやめて、せすじをのばしてすわりました。

しばらくの間、先生は何も言いません。だまって、一人一人の顔を見つめていました。

やがて、しずかな声で話しだしました。

「あのねえ、お友だちが、たいへん気にかけていることがあって、とても悲《かな》しい思いをしているとしたら、みんなはどうしてあげますか。」

ひと言、ひと言をくぎるように、ゆっくりと言いました。

だれも、何も答えません。先生が何を言いたいのか、よくわからなくて、こわいからです。

「助《たす》けてあげたいなあ、とは思いませんか。」

また、先生が言いました。

「助けてあげられることだったらね。」

学級委員《きゅういいん》の今井《いまい》君が、はじめに言いました。先生は、深《ふか》くうなずいてみせてから、

「それではね、しばらくの間、しずかに目をとじていてください。」

先生は、しずかだけれど、きびしい顔をして言いました。

教室の中は、いっそうしずかになりました。今まで聞こえなかったとなりの教室の声までが、聞こえてきました。そのしずかな

中を、何かが動《うご》いているような気配《はい》がします。光男《みつお》は、そっと細目を開《あ》けて、見てみました。

やっぱり歩いている人がいました。沢田《さわだ》さんが先生の方へ出ていったのです。沢田さんは、先生と何か相談《そうだん》でもしてあったのでしょうか。うなずき合っただけで、だまって黒板《ばん》の方を向《む》いて立ちました。

先生は、ハンドバッグの中から、くしを取《と》り出して、沢田さんのかみをとかしてやっているようです。とかしながら、先生の顔がひょいとこちらを向きました。あわてて光男は、またしっかりと目をとじました。

(沢田さんのあのお化《ば》けのように長い、かみの毛のことなんだな。これからぼくを前の方へよび出して、おこるのかもしれない。)

——光男はそう思って、首をちぢめていると、

「さあ、目を開けてください。」

と、先生の声がかかりました。ふうっと大きく息《いき》をはきながら、みんなが目を開《ひら》きました。部屋《へや》の中が、さっきより明るくなったような気がしました。

黒板の前には、沢田さんが、こちらを向いて顔をこわばらせて立っていました。さっきまでは、顔が半分かくれるほどのびていた前がみが、きちんと分けられて、ピンどめでとめてありました。水色の小さなリボンまでつけていました。

「わあ、沢田さん、きれい！」

マユミが言いました。

「ほらね、だれが見たって、このほうがきれいでしょう。でも、

みんなから『ダイブツサン』てよばれるのが、とてもいやで、どんなにかみの毛がうっとうしくっても、上げられなかったんですって。かわいそうにね。」

そこまで言うと、先生は、のどをつまらせてしまいました。沢田《さわだ》さんが両手《りょう》で顔をかくして、なきだしてしまったからです。

（そんなに悲《かな》しい思いをしているなんて、知らなかったよ。おせっかいでうるさいから、ただちょっと言っただけだったのにな。）

光男《みつお》は、すまないような気がして、下を向《む》いてしまいました。

「もうどんなことがあってもからかわないから、かみの毛をさっぱりと上げていらっしゃいって、やくそくしてあげられる人。」

「はあい。」

みんながいっせいに手を上げました。するとと沢田《さわだ》さんも、なみだも声もぐっとひと息《いき》にのみこんでしまったように、きっぱりとなきやみました。まだなみだでぬれている顔を、まっすぐに起《お》こして、一生けん命《めい》わらってみせました。その時、光男《みつお》も、『ダイブツサン』とだけは、どんなにけんかをしても、ぜったいに言うまいと思ったのです。

それから二、三日すぎた昼休みでした。光男が、一だんとばしで、階《かい》だんをかけ上っていると、

「ミッちゃん、一だんとばし、あぶないわよ。」

そう言う女の子の声がしました。ふり向《む》いてみると、それは沢田タミ子《こ》です。

「ダイブツのおせっかい！」

思わず口から出てしまったのです。まずかったなあ――そう思って、手で口をふさぎましたが、もうまにあいません。

タミ子の顔が悲《かな》しそうにゆがんだのを、光男は見たのです。弱ったと思いました。

ところがタミ子は、

「ダイブツでけっこうよ、手を合わせておがみなさいよ。」

そう言って、おなかのあたりに手を組んで、目をつぶりました。

「ごめん、ごめんよ。」

光男は両手《りょう》を合わせて、本当におがんでしまいました。

つぶっているタミ子の目じりから、なみだがこぼれて、二本の細いすじができていました。

りんごの花

作　後藤《ごとう》　竜二《りゅうじ》

絵　長谷川《はせがわ》　知子《ともこ》

朗《ろう》読　戸田《とだ》　恵子《けいこ》

—

りんごの木たちは、深《ふか》い雪の中で、しなやかな小えだをのばします。

なまり色の空に向《む》かって、ぴんぴんとつき立った小えだを、父さんと母さんが、パチンパチンとはさみで切っています。せんていという仕事《しごと》です。

「行ってきまあす。」

お兄ちゃんとぼくと妹は、りんごの小えだでちゃんばらごっこをしながら、学校に通います。

2

ぼくらは学校が大すきでした。

いつも朝早く登校《とう》して、夕方のおそくまで、学校で遊《あそ》んできました。

遊びつかれて家にもどると、地ふぶきの中で、父さんと母さんは、まだパチンパチンとせんていの仕事をしていました。

ぼくらは、あわてて自分の仕事に取《と》りかかりました。

お兄ちゃんは、馬やにわとりの世話《せ》です。

妹は、おばあちゃんといっしょに、ばんごはんを作ります。

ぼくの仕事は、ふろたきです。

＊地ふぶき
（つもった雪をまき上げてふくふぶき。）

ふろのたきぎは、去年《きょ》のりんごの小えだです。

3

春休みになると、なまり色の空が青いガラスのようにすきとおって、白っぽい太陽《よう》が、とてもあたたかく感《かん》じられるようになりました。

父さんと母さんは、二人っきりで、百本のりんごの木のせんていを終《お》わらせてしまいました。

「あったかくなってきたから、えだ拾《ひろ》い、たのむぞ。」

と、父さんにたのまれたのに、ぼくらはさっぱり手伝《てつだ》いもしないで、スキーをしたり、雪のしろを作ったりして、遊《あそ》び回っていました。

4

そんなある日の朝でした。

「かた雪だぞ！」

お兄ちゃんがさけんでいました。

ぼくらがあわてて表《おもて》にとび出すと、きらきらと朝日にかがやく雪野原を、お兄ちゃんが犬のクマといっしょに走り回っていました。

「かた雪だ！」

「かた雪だ！」

ぼくらも、クマとお兄ちゃんを追《お》いかけて、走り回りました。

かたくしばれあがった雪野原は、いくらとびはねても、びくともしません。どこまでもどこまでも、歩いていけます。遠くにかすんでいる青いピンネシリの山までも、かんたんに行けそうな気がします。

「ええ、どこまでもどこまでも行くたんけんたいをけっせいします。」

おほんと、お兄ちゃんがむねをはりました。

ぼくらは朝ごはんを食べるとすぐに、スキーで出発《ぱつ》することにしました。目的《てき》地は、ピンネシリの山です。

それなのに、

「りんごのえだ拾《ひろ》い、たのむぞ。かた雪で、仕事《しごと》も楽だからな。」

と、父さんに言われてしまいました。

「どこまでもどこまでも行くたんけんたい」は、あっというまに

*かた雪
（かたく、氷《こおり》のようになった雪。）

*しばれあがる
（こおりつく。）

*ピンネシリの山
（北海道《ほっかいどう》にある山。）

かいさんです。

ぼくらはぶつぶつもんくを言いながら、りんごの小えだを拾《ひろ》い集《あつ》めました。拾っても拾っても、小えだは、はてしもなくちらばっています。

お昼ごはんを食べてからも、えだ拾いです。

夕方になっても、まだ、もくもくと、えだ拾いです。

「つめたいよう。」

妹が、こちんこちんにこごえた手ぶくろをかんで、なき始《はじ》めました。

「もうちょっとのしんぼうだよ。

すぐにあったかくなるからね。」

母さんがあたたかい息《いき》をはきかけながら、妹の手をごしごしとこすってやりました。

「ちぇっ、あまえちゃってえ。」

ぼくとお兄ちゃんは、ぜんぜんつめたくないようなふりをして、がんばりました。

6

拾い集めた小えだは、馬そりにつみ上げて、ふろ場のわきまで運《はこ》びます。

＊馬そり
（馬にひかせるそり。）

「ほらよっ。」

と、妹を小えだの山の上にほうりあげると、いきおいよく馬そりをおして、ぼくらもぱっととび乗《の》ります。いきおいのついた馬そりは、スキーのように軽々《かるがる》とすべります。

小えだの山の上で、妹がキャーキャーはしゃいでいます。

ふざけ合って仕事《しごと》をしているうちに、日がくれてしまいました。

「つめたいよう。」

と、妹がまた、手ぶくろをかんで、なき始《はじ》めました。

「ああ、よくがんばってくれたなあ。」

「ほんとに、助《たす》かったよ。今日はもういいからね。」

父さんと母さんは、ぼくらに礼《れい》を言って、二人だけでまたえだ拾《ひろ》いをつづけました。

7

「おい、行くぞ。」

お兄ちゃんが、声をひそめて言いました。

「どこまでもどこまでも行くたんけんたいは、ふめつなのだ。」

すっかり日がくれたのに、これからたんけんに行くというのです。

きっと、しかられるにちがいありません。

でも、かた雪の日なんて、めったにありません。どこまでもどこまでも行ける日なんて、もう、これっきりかもしれないのです。

「よし、行くぞ。」

ぼくは、ぐんと馬そりをおしました。

「わたしも行く。」

妹がぴたっとなきやんで、ちゃっかり馬そりにとび乗りました。

8

夕ぎりがゆるゆると流《なが》れていました。

こな雪が風にふかれて、けむりのようにうずをまいています。しずかでした。キシッキシッと、雪のきしむ音しか聞こえません。

ぼくらは青いかげをふみながら、どこまでもどこまでも、だまって馬そりをおしつづけました。

なだらかなおかに、馬そりをおし上げて、ひと息《いき》つきました。

月が上っていました。

ぼうっと銀《ぎん》色にけむる雪野原の中に、ぽつんと黒くうかび上がっているのが、ぼくらの家でした。家をとりかこむように、りんご畑《ばたけ》が広がっています。ピンネシリの山は、もやにかくれて見えません。

「よくはたらいたよな。」

お兄ちゃんが、ひとり言のようにつぶやきました。

「うん。」

と、ぼくらはうなずきました。

——がんばって、はたらいた。

ほこらしい気持《も》ちになりました。

「行くぞ。」

と、お兄ちゃんが言いました。

「おう！」

ぼくらはそろりと馬そりをおして、ぱっととび乗《の》りました。クマも、ワンと鳴いて、とび乗ってきました。

馬そりは、雪けむりをあげながらおかをかけ下り、そして、ふわっと、とび上がりました。

9

かた雪の日は、それきりでした。

すっかり雪がとけて五月になると、りんごの木たちは、今年もいっせいに花を開《ひら》きました。

雪のように、白い花です。

どちらが生たまごでしょう

文　「小学国語《しょうがくこくご》」編集委員会《へんしゅういいんかい》
朗《ろう》読　大塚《おおつか》　明夫《あきお》

みなさんは、たまごのからをわって、中身《み》を見たことがあるでしょう。

ゆでたまごの白身は、かたまった黄身のまわりに、白くかたまって、からにぴったりくっついていますね。しかし、生たまごの中には、すきとおった、とろとろの白身が、やわらかい黄身をかこんで入っています。このように、ゆでたまごと生たまごでは、中身の様子《ようす》がちがっています。

では、たまごのからをわらないで、どちらがゆでたまごで、ど

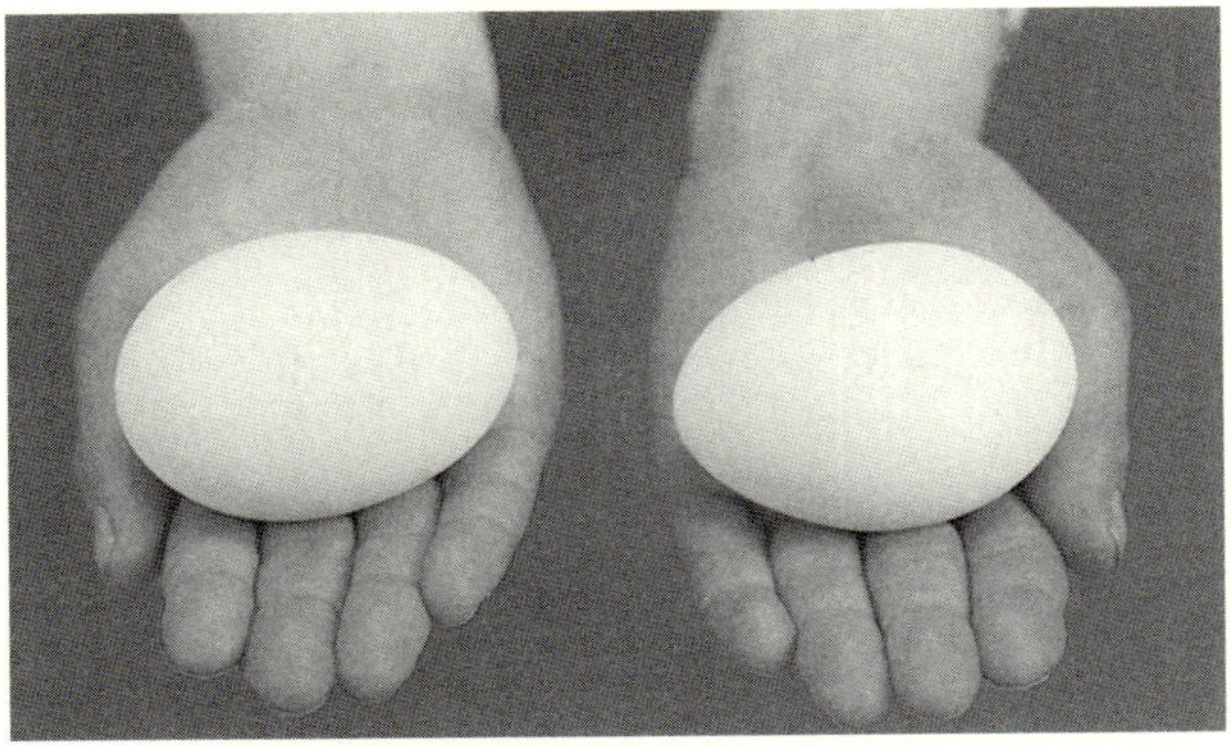

ちらが生たまごかを、見分けることはできないものでしょうか。

まず、ゆでたまごと生たまごを両《りょう》手の上にのせて、くらべてみましょう。二つのたまごは、色も、形も、重《おも》さも、ほとんど同じです。ですから、色や、形や、重さで見分けることはむずかしいようです。

そこで、今度《ど》は、両方のたまごを、ぐるぐる回して、ちがいがないかどうかを調《しら》べてみましょう。

ゆでたまごを皿《さら》の上において、図のように、

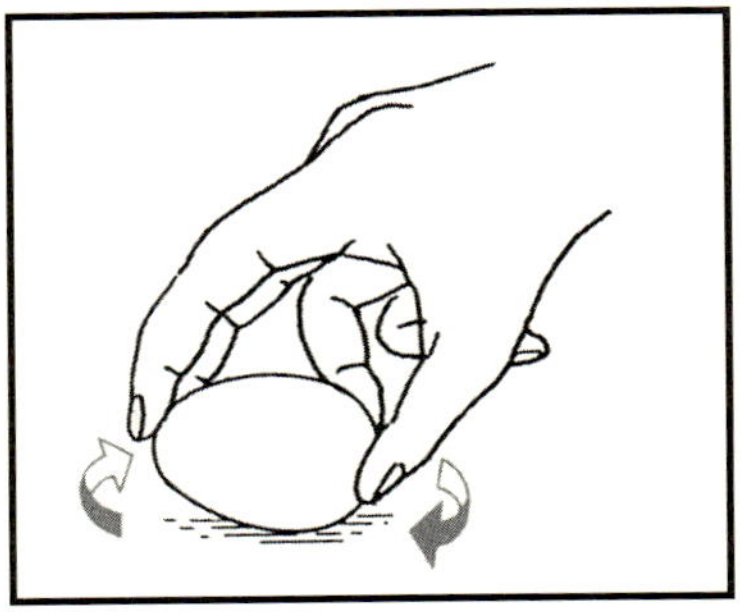

生たまご

ゆでたまご

指《ゆび》で軽《かる》く回してみます。すると、小さなわをえがきながら回ります。強く回すと、ゆでたまごは二重《じゅう》の円に見え、やがて、立ち上がって回ります。ちょっとかわったこまのようです。ところが、生たまごを同じように回してみると、どうでしょう。ゆれながら、ゆっくり回るだけです。強く回しても、速《はや》く回ることはないのです。

このように、ゆでたまごと生たまごとでは、回り方がはっきりとちがうことがわかりました。

この回り方は、どんなゆでたまごにも、どんな生たまごにもあてはまるでしょうか。もし、あてはまるなら、回してみるだけで、ゆでたまごか、生たまごかを見分けることができるはずです。

そこで、ゆでたまごと生たまごを五つずつ用意《い》して、同じように回してみました。すると、どのゆでたまごも、こまのように速《はや》く回りました。また、どの生たまごも、ゆれながら、ゆっくり回りました。

こうして、からをわらないで、回り方のちがいから、ゆでたまごと生たまごを見分けることができました。

ところで、ゆでたまごと生たまごの回り方がちがうのはなぜでしょうか。どうも、たまごの中の様子《よう》にひみつがありそうです。

ゆでたまごは、白身《み》も黄身もかたまって、からにぴったりついています。

それで、たまご全体《ぜん》が一つになって、こまが回るように回ることができるのです。

ところが、生たまごの中身は、とろとろしています。ですから、からに力をくわえて回しても、ゆでたまごの中身のように、からといっしょに回ることはありません。自分の重《おも》さで止まろうとします。こうして、生たまごの中身は、回ろうとするたまごに、内側《がわ》からブレーキをかけることになるのです。

生たまごの中身がこのような仕《し》組みになっているのは、たいへん都合《つ》がよいことと思われます。なぜなら、たまごは鳥の赤ちゃ

んが育《そだ》つところですから、なるべく早く動《うご》きが止まったほうが安《あん》全《ぜん》だからです。

ぎんなんの木

作　佐藤《さとう》　義美《よしみ》

朗《ろう》読　大塚《おおつか》　明夫《あきお》

かっぱ

作　谷川《たにかわ》　俊太郎《しゅんたろう》

朗《ろう》読　波瀬《はせ》　満子《みつこ》

ぎんなんの木

佐藤《さとう》　義美《よしみ》

ぎんなんの実《み》が
おちてしまうまで
ぎんなんの木は
葉《は》をつけていました。

ぎんなんの木は
みどりのたくさんの葉で
ぎんなんの実を
かくしていました。

ぎんなんの実が
おちてしまってから
ぎんなんの木は
葉をおとしました。

ぎんなんの木が
葉をおとすまえ
ぎんなんの木は
きんいろに光りました。

ぎんなんの実の

おかあさんの木よ、
ぎんなんの木は
いまはだかでたっています。

かっぱ

谷川《たにかわ》　俊太郎《しゅんたろう》

かっぱかっぱらった
かっぱらっぱかっぱらった
とってちってた

かっぱなっぱかった
かっぱなっぱいっぱかった
かってきってくった

かいせつ

お母さんの紙びな

【作者】　長崎　源之助（ながさき　げんのすけ）

一九二四（大正一三）年生まれ。児童文学作家。作品に、『ヒョコタンの山羊』（理論社）、『魔女になりたいわたし』（童心社）、『忘れられた島へ』（偕成社）などがある。

【本書の出典】　平成一二年度版「国語　三年上」

【教科書掲載時の出典】　『長崎源之助全集　第一八巻　つりばしわたれ』（一九八七年、偕成社）

【教科書掲載の期間】　昭和五八年―平成一二年度版「国語　三年上」

【鑑賞のポイント】　いわゆる戦争平和教材として、長く教科書教材として使われてきた。おひな様を生活の糧《かて》であるお米と交換せざるをえなかった終戦直後の母親の悲しみを通して、わが子を思う愛情と平和の大切さを語った作品である。「おばさん」という語り手が、自分の子どもの頃の体験を、「あなたたち」に伝えるという構造になっている。静かに思いを込めて語りかけるように読んでみたい。

はまひるがおの「小さな海」

【作者】　今西　祐行（いまにし　すけゆき）

一九二三（大正一二）年生まれ。児童文学作家。作品に、『ハコちゃん』『肥後の石工』『浦上の旅人たち』（いずれも実業之日本社）などがある。

【本書の出典】　平成元年度版「改訂　小学国語　三年下」

【教科書掲載時の出典】　『太郎コオロギ』（一九七七年、実業之日本社）

【教科書掲載の期間】　昭和四三年―平成元年度版「改訂　小学国語　三年下」

【鑑賞のポイント】　教科書教材として長く親しまれた作品。自分の身を犠牲にしてまで、魚の命を助けたいと切々と訴える「はまひるがお」の気持ちに感動した「ぼく」は、浜辺の子どもたちに潮だまりの管理を任せる。おそらく読み手も、「はまひるがお」のやさしさに心を打たれるであろう。それが、浜辺の子どもたちにも伝わり、はまひるがおの『小さな海』は、「おら」たちの『小さな海』になるのだ。

沢田さんのほくろ

【作者】　宮川　ひろ（みやかわ　ひろ）

一九二三（大正一二）年生まれ。児童文学作家。作品に、『先生のつうしんぼ』（偕成社）、『夜のかげぼうし』（講談社）、『ケヤキの下に本日開店です』（金の星社）などがある。

【本書の出典】　平成四年度版「新版　国語　三年上」

【教科書掲載時の出典】　『るすばん先生』（一九七七年、ポプラ社）

【教科書掲載の期間】　昭和五五年―平成四年度版「新版　国語　三年上」

【鑑賞のポイント】　子どもたちの生活を生き生きと描いた作品。光男が、沢田さんのほくろをからかったせいで、沢田さんは前髪でそれを隠すようになる。光男は、先生の指導によって、沢田さんの悩みを知り深く反省するが、ついまた悪口が口から出てしまう。子ども同士の交流の中で、光男も沢田さんも精神的に成長していることを中心に読み取りたい。学校生活の中で起こりがちな子ども同士の軋轢《あつれき》を、温かくまた決然とした目で見守っている先生の存在も印象に残る。

りんごの花

【作者】　後藤　竜二（ごとう　りゅうじ）

一九四三（昭和一八）年生まれ。児童文学作家。作品に、『天使で大地はいっぱいだ』『少年たち』（ともに講談社）、『1ねん1くみ1ばんワル』（ポプラ社）などがある。

【本書の出典】　平成一二年度版「国語　三年上」

【教科書掲載時の出典】　「教科通信」第30巻、第14号（一九九三年、教育出版）

【教科書掲載の期間】　昭和八年―平成一二年度版「国語　三年上」

【鑑賞のポイント】　北海道の厳しく美しい大自然の中で繰り広げられる、労働を通して結ばれた家族の物語。父さん母さんは雪の中でリンゴの剪定《せんてい》作業をしている。切られた小枝を拾うのは、子どもたちの役目。せっかくの堅雪《かたゆき》になり、遊びに行きたい兄弟たちは小枝を拾わなければならない。そこで発揮される兄弟愛と仕事への自負。雪の野原の情景描写の美しさと、兄弟たちの交流が心に残る。

どちらが生たまごでしょう

【作者】「小学国語」編集委員会

なお、執筆にあたっては、主に次の文献を参考にし、学年の程度、児童の興味・関心、国語の教材としての教材性を考慮して、説明文として文章化した。

『おもしろい物理学』（ペレリマン著、藤川健治訳、社会思想社・現代教養文庫）

『卵の実験』（伏見康治・伏見満枝著、福音館書店）

『コマの科学』（戸田盛和著、岩波新書）

【本書の出典】平成八年度版「国語　三年上」

【教科書掲載時の出典】教科書のための書き下ろし

【教科書掲載の期間】昭和五五年―平成八年度版「国語　三年上」

【鑑賞のポイント】長く使われた説明文。生卵とゆで卵を見分けるには、こんな方法があったのだと思わされる。確認の実験の手順も念が入っている。そして、その理由が、卵の内部構造にあることを知り、さらに回転しにくい性質が卵の保護のために都合が良いという説明も説得的だ。「問いかけ」に、順序よく答えていくという典型的な構成の文章である。

ぎんなんの木

【作者】佐藤　義美（さとう　よしみ）

一九〇五（明治三八）年―一九六八（昭和四三）年。詩人、作家。作品に『雀の木』（高原書店）、『ともだちシンフォニー　佐藤義美童謡集』（稗田宰子選、JULA出版局）、『いぬのおまわりさん』（国土社）などがある。

【本書の出典】平成一二年度版「国語　三年下」

【教科書掲載時の出典】国土社の詩の本３『いぬのおまわりさん』（一九七五年、国土社）

【教科書掲載の期間】平成一二年度版「国語　三年下」

【鑑賞のポイント】ラジオ・テレビなどで多くの童謡を発表した詩人佐藤義美の作品。子どもに見立てた銀《ぎん》杏《なん》の実と、母親役の銀杏の木とを対照的に描いている。銀杏の木の緑の葉が銀杏の実を隠し、大きく育ててから、葉を落として、今は裸で立っている様子が、四連の四行詩にまとめられた。最終行のみが現在形で結ばれており、そこに自然の営みの素晴らしさや、母親の大きな愛を読み取ることができるだろう。

かっぱ

【作者】 谷川 俊太郎（たにかわ しゅんたろう）

一九三一（昭和六）年生まれ。詩人。作品に、『ことばあそびうた』『みみをすます』（ともに福音館書店）、『はだか』（筑摩書房）などがある。

【本書の出典】 平成八年度版「国語 三年上」

【教科書掲載時の出典】 国土社の詩の本18『誰もしらない』（一九七六年、国土社）

【教科書掲載の期間】 平成八年度版「国語 三年上」

【鑑賞のポイント】 言葉遊びの詩。詩の意味ではなく、言葉の響きの面白《おもしろ》さを味わうことが主眼である。

促音の響きと、破裂音の力強さとが、まるでスキップをするような詩のリズムを作っている。だんだん速く読んだり、区切りを意識してゆっくりと読んだり、様々な読み方を試してみるとよい。河童《かっぱ》が持ってきてしまったラッパを吹き鳴らしたり、菜っ葉を買ってきて料理して食べている様子も自然に浮かんできて、そのナンセンスさがまた面白い。

■編者紹介

府川　源一郎（ふかわ　げんいちろう）

横浜国立大学教育人間科学部教授。

教育出版小学校国語教科書著者。

佐藤　宗子（さとう　もとこ）

千葉大学教育学部教授。

教育出版小学校国語教科書著者。

■編集協力

有限会社メディアプレス

心にひびく名作読みもの　3年

2004年3月18日　初版第1刷発行

編　者　府川源一郎／佐藤宗子

発行者　小林一光

発行所　教育出版株式会社

〒101-0051 東京都千代田区神田神保町2-10

TEL 03(3238)6965　FAX 03(3238)6999

URL http://www.kyoiku-shuppan.co.jp/

ISBN 4-316-80087-6

C8390

ＣＤ製作：UNIVERSAL MUSIC K.K.

組製版：東京全工房　印刷：神谷印刷

製本：田中製本

ＣＤをききおわったら、
ふくろのなかにしまい
ましょう。

おうちの方、先生へ（ＣＤを聴く前に必ずお読みください）

■ＣＤについて

・収録された朗読は、教科書掲載当時に学校の現場で使用された教師用指導書の音声編テープ・ＣＤを音源としています（音源の状況により若干のノイズが含まれている場合もございますのでご了承ください）。

■ＣＤの取り扱いのご注意

・袋についている赤い線をはがして、ＣＤを取り出して使用してください。
・ディスクは両面とも、指紋、汚れ、キズなどをつけないように取り扱ってください。
・ディスクが汚れたときは、メガネふきのような柔らかい布を使って、ディスクの中心から外へ向かって放射状に軽くふきとってください。その際に、レコード用クリーナーや溶剤を使わないでください。
・ディスクは両面とも、鉛筆、ボールペン、油性ペンなどで文字や絵をかいたり、シールなどを貼らないでください。
・ひび割れや変形、または接着剤で補修したディスクは、危険ですから絶対に使用しないでください。
・ＣＤをお子様の玩具など、本来の用途以外に使用しないでください。

■保管のご注意

・直射日光の当たる場所や、高温・多湿の場所には置かないでください。
・ディスクは使用後、もとのようにしまって保管してください。